Directora de la colección:
Mª José Gómez-Navarro

Equipo editorial:
Violante Krahe
Juan Nieto
Lupe Rodríguez

Dirección de arte:
Departamento de imagen y diseño

Diseño de la colección:
Manuel Estrada

El 0,7% de la venta de este libro se destina a la construcción de la escuela que la ONG Solidaridad, Educación, Desarrollo (SED) gestiona en San Julián (El Salvador).

1ª edición, 2ª impresión, marzo 2003
Título original: *Midasen eraztuna*

Carretera de Madrid, km. 315,700
50012 Zaragoza
Teléfono: 913 344 883
www.edelvives.es

ISBN: 84-263-4859-9
Depósito legal: Z. 579-03

Talleres Gráficos Edelvives (50012 Zaragoza)
Certificados ISO 9002
Printed in Spain

FICHA PARA BIBLIOTECAS

ZUBIZARRETA, Patxi
El anillo de Midas / Patxi Zubizarreta ; ilustraciones, Mikel Valverde ; traducción, I. Ortuondo. – 1ª ed., 2ª reimp. – Zaragoza : Edelvives, 2003
80 p. : il. ; 20 cm. – (Ala Delta. Serie verde ; 3)
ISBN 84-263-4859-9
1. Adolescencia. 2. Valentía. 3. Rey Midas. 4. Cuentos vascos. I. Valverde, Mikel, il. II. Título. III. Serie.
087.5:821.361-32"19"

Alain Kapanaga 12 5.A

EDELVIVES

ALA DELTA

El anillo de Midas

Patxi Zubizarreta

Ilustraciones
Mikel Valverde

Traducción
Itziar Ortuondo

1

El piojo

Martín, el pastor, solía pasar el invierno en la Bardena cuidando de su rebaño. Las ovejas hacían todo lo que él les ordenaba. Pero a nosotros, los piojos, no nos cuidaba nadie y vivíamos a nuestras anchas bajo su boina. Hacíamos lo que nos venía en gana: dormir o jugar, correr o comer.

Quien no conozca la Bardena, si hiciera caso de su nombre, bien podría pensar que es una tierra verde. Pero ni mucho menos. En mi vida he visto un sitio tan árido y seco, tan solitario y aburrido...

Pero al final de esta primavera, Martín, el pastor, reunió a su rebaño, abandonó la Bardena y se puso en marcha hacia el Irati, que, según cuentan los piojos más viejos, es una tierra verde y alegre donde las haya, y quizá el bosque más bosque de los Pirineos.

Yo no conozco el bosque de Irati y, picado por la curiosidad, decidí hacer el viaje a la cabeza del rebaño, en la cabeza de Martín. Me apetecía conocer aquel paraíso verde y alegre. Pero el camino era largo y pesado, aburrido y fastidioso para un piojo como yo. Además, Martín iba muy nervioso: se pasaba el día gritando a las ovejas y no paraba de rascarse la cabeza. Por eso, ¡qué demonios!, en cuanto pude me cambié de cabeza.

Cerca de Sangüesa, un chico de pelo rizado se acercó a ver el rebaño.

—Oye, chaval, ¿me podrías traer un paquete de tabaco? —le preguntó Martín.

Hizo el recado en un santiamén y, cuando Martín le estaba dando una moneda de propina, yo eché una carrera debajo de la boina, tomé impulso y salté a los rizos del muchacho. Como en aquella nueva cabeza no encontré ningún otro piojo, me convertí en el dueño más dueño y en el señor más señor. Además, volví a sentirme un piojo feliz porque el chico era limpio, no se rascaba la cabeza y parecía tranquilo. Ahora podría vivir a mis anchas entre sus rizos.

Después de ver pasar el rebaño, el chico se fue a la escuela, y yo con él. Allí vi a otros chicos que iban de un lado a otro, como poseídos por el diablo. Pero, en cuanto apareció un profesor de cabeza pelada, todos se quedaron quietos y atentos, formales y en silencio. Los alumnos hacían todo lo que el calvorota les ordenaba.

Por poner un ejemplo, al rato les dijo:

—Ahora tengo que ausentarme. Tomás se ocupará de vigilar la clase, así que portaos bien.

Martín hacía lo mismo con su rebaño. Cuando él se ausentaba dejaba a los perros Trasto, Perla y Miquelot cuidando de las ovejas. Pero, al contrario que éstas, los chavales empezaron a alborotar y a lanzarse cosas unos a otros. Muerto de miedo, tuve que protegerme en el fondo de los rizos. Desde mi refugio, escuché:

—Seguro que a don Fernando le ha dado un retortijón.

—A lo mejor tiene cagalera.

—Nosotros en el recreo hemos robado el papel higiénico…

Apurado, Tomás salió a la pizarra y, como el profesor más profesor, recitó:

—¡Que nadie hable aquí, carabí! ¡Que nadie hable acá, carabá! ¡Al primero que hable, carabirubirubá!

Igual que las ovejas al silbido de Martín, sus compañeros se quedaron inmóviles y mudos. Pero cuando volví a encontrarme a mis anchas, una cosa azul cayó junto a mí. Y luego una más, y otras más.

—¡Ay! ¡Ya está bien, Isidro! ¡Estoy hasta la coronilla! —se quejó el ricitos.

—¡Mierda en bote! ¡Yo no he sido! Habrá sido Miguel —respondió Isidro, el chico de pelo rapado.

—Pero ¿qué dices? Yo estoy sentado a su lado. ¡No le puedo lanzar nada! —se defendió Miguel, el pelotieso—. Pregúntale a Fermín...

—¡Iros a freír espárragos! —se encaró Fermín, el greñudo.

Y volvió el alboroto y los objetos que volaban. Yo me enfadé y maldije a todos aquellos monstruos, ¡qué diablos! Cuando al poco rato entró el profesor, lo vi más que enfadado.

—¿Nunca podéis portaros como es debido? Siempre haciendo de las vuestras. Vamos, Tomás, dime: ¿quién ha empezado, quién ha sido el primero en abrir la boca?

Tomás no lo dudó:

—Ha sido Javier —y, ¡mira por dónde!, por la casualidad más casual Javier era el chico del pelo rizado.

El profesor se le acercó con paso firme. Le cogió por las orejas, lo levantó hasta que la cara de Javier quedó a la par de la suya, y lo soltó de golpe. Pero eso no fue todo: más rápido que un rayo, antes de que sus pies llegaran al suelo, le arreó dos bofetadas. Yo estaba viendo las estrellas y me sentía el piojo más piojoso entre todos los piojos. Pensé que estaría mucho mejor con Martín, a mis anchas y de camino al Irati…

Sin poder dormir o jugar, ni correr o comer, me asomé un poco entre la maraña de pelos de Javier. Lo vi cabizbajo y triste, y de sus pantalones me llegaba un cierto olor a orina... Además, fue entonces cuando el profesor le puso el castigo más castigo:

—Hoy, durante toda la tarde, volverás a ser el Midas de la escuela. Te llamarán así y así aprenderás a portarte mejor —le dijo mientras le colocaba dos enormes orejas de burro, hechas de cartón, en la cabeza; y una lengua alargada, también de cartón, colgada del cuello.

—¡Midas! ¡Midas! ¡Midas! —se burlaban todos.

—Hasta hoy nunca había visto un burro con gafas... —se burló Fermín.

—¡A, e, i, o, u! ¡A, e, i, o, u! ¡El burro sabe más que tú! ¡Tururú! —se burló Isidro.

Javier anduvo toda la tarde cabizbajo y triste, soportando las orejas y la lengua, y las burlas más burlonas de sus compa-

ñeros. Cuando al terminar las clases, el profesor le quitó todos aquellos adornos, Javier salió pitando. Cruzó el pueblo y el puente a todo correr, y continuó hasta llegar a un rincón de la orilla del río.

Allí lo vi desnudarse y pensé que querría lavar sus pantalones, y que por fin yo podría descansar a mis anchas. Pero ni mucho menos. Me di cuenta de que ya estaba desnudo de cintura para arriba y de que tenía intención de bañarse. ¡Qué diablos! Sin pensarlo dos veces, eché a correr y di el salto más salto. En cuanto caí sobre la hierba todo se volvió oscuro, como cuando estaba bajo la boina de Martín…

2

LA MARIQUITA

Aquella tarde se levantó un viento sur la mar de agradable y yo, mariquieta, mariquieta, lo aprovechaba meciéndome sobre una hierba. Pero, de repente, sentí que se acercaba alguien y yo, marinquieta, marinquieta, me escondí y permanecí al acecho.

No sé por qué lo hacen; sólo sé que, a veces, los chicos y las chicas se dedican a buscarnos y que, cuando consiguen atraparnos, nos ponen sobre sus manos y cantan: «Mariquita, mariquita, cuéntame los dedos y échate a volar». Si al decirlo nos echamos a volar, creen que hará buen tiempo; por el contrario, si nos quedamos mariquietas, se supone que hará malo. Y yo no sé por qué lo hacen, y tampoco sé el tiempo que hará; sólo sé que no quiero que nadie me atrape. Por eso, cuando sentí que se acercaba alguien, marinquieta, marinquieta, me escondí y permanecí al acecho.

Desde mi escondite pude ver a un chico regordete, pero no parecía que viniera buscando mariquitas y, además, tampoco parecía uno de esos marisabidillos empeñados en saber el tiempo que hará. Enseguida se quitó la ropa y se quedó desnudo. Pero eso no fue lo que más me llamó la atención; me fijé sobre todo en el piojo que saltaba desde su cabeza. En un abrir y cerrar de ojos, sacudí mis alas hasta llegar a su lado y me lo tragué de un bocado. Luego, me posé sobre otra hierba y me quedé satisfecha y mariquieta.

Al poco rato, sentí que venía alguien más, pero esta vez no me escondí. Desde mi hierba pude ver a una niña rubia. Yo no sé si venía a buscar mariquitas o mariposas, lo que sí sé es que se escondió y que, mariagazapada, no quitaba ojo al chico que se bañaba.

Con el anochecer, el viento refrescó y empezó a soplar con fuerza, así que salté de la hierba y me refugié entre su ropa. Recuerdo que vi marcharse a la chica de pelo rubio y que luego debí de dormirme, porque, al despertarme con un grito me encontré en el pueblo, en Sangüesa.

—¡Sapos y culebras! ¿Dónde te habías metido, Midas? Nosotros no te hemos hecho nada —dijo un chico de pelo rapado.

—Vamos, coge diez piedras y ven con nosotros —le dijo otro.

—No, no quiero. Tengo que volver a casa —respondió Midas.

—Siempre estás haciendo el ridículo... Vete a freír espárragos —le dijo un tercero.

—Ahora haz lo que quieras, pero el domingo tendrás que saltar desde el puente. De lo contrario, además de Midas, serás un cobardica y un gallina... —habló otra vez el del pelo rapado.

Yo entonces no sabía lo que le ocurría a Midas, sólo sé que yo estaba junto a su corazón y que le empezó a latir marinquieto, marinquieto, igual que hace el río cuando baja caudaloso. También sé que mintió, y que, en lugar de irse a casa, se fue tras ellos.

Al llegar a la esquina de una calle, Midas se quedó como yo por la tarde, escondido y vigilante. Desde allí, vi que sus amigos apedreaban el campanario.

—¡A ver quién es el primero en tocar las campanas! —les oí decir.

Lanzaron muchas piedras, más que los puntos negros de mi espalda. Pero muy pocas conseguían llegar hasta las campanas, muy pocas las hacían sonar.

De repente apareció un señor, todo vestido de negro y se armó la marimorena. Echó a correr tras los chicos agitando los brazos, pero ellos se le escurrieron como las culebras.

—¡Os he visto! ¡Os he visto! De nada os servirá esconderos. ¡Majaderos, granujas, sois peores que la riada del 87! Isidro, Fermín, Miguel... Me las pagaréis.

Yo me había subido al hombro de Midas y pude ver la sonrisa maliciosa de su cara. Parecía que le agradaba ver huir a sus amigos. Pero aún le agradó más sacar una moneda de su bolsillo y comprarse un pastel.

—Da recuerdos a tus padres de parte de Juan Pedro —le dijo el pastelero.

Sin embargo, cuando llegó a casa, Midas no les dio recuerdos y, además, volvió a mentir cuando su madre le preguntó:

—A ti te ha pasado algo. Te lo noto en la cara. No tienes hambre, hueles a orina... ¿No te habrán hecho nada malo?

Midas negó con la cabeza. Después le dijo a su madre:

—Estamos haciendo un trabajo en clase y quiero hacerte una pregunta. ¿Qué es la riada del 87?

—Te refieres a las inundaciones, ¿verdad? Yo no las conocí porque aún no había nacido, pero sí nuestros bisabuelos. En 1787 hubo una riada que dejó Sangüesa totalmente destruida.

—El agua y el fuego por debajo de la rodilla... —añadió su padre.

Empezaron a cenar y hablaron la mar de tranquilos, pero Midas se quedó pensativo y el corazón le latía marinquieto. Yo, por mi parte, aunque me había zampado un piojo, sentía un gusanillo en el estómago.

En aquel momento no podía imaginar lo que le ocurría a Midas, sólo sé que pasó la noche sin pegar ojo. Yo tampoco podía dormir y, para pasar el rato, me acordé de la historia del verdadero rey Midas, la historia que había escuchado más veces que puntos negros tengo en la espalda a las hierbas y juncos del río.

—Había una vez, en tiempos de Maricastaña, un rey llamado Midas que tenía unas orejas enormes. Procuraba taparlas con sus greñas, pero un día el barbero se las vio y no pudo contener la risa. El rey, fuera de sí, lo amenazó con matarle si se lo contaba a alguien.

»Pero el pobre barbero no podía contener ni la risa ni el secreto, de manera que decidió irse a las afueras de la ciudad para desahogarse. Hizo un agujero en la tierra y allí dentro gritaba: "¡El rey Midas tiene orejas de burro! ¡El rey Midas tiene orejas de burro!" Una vez aliviado, tapó el agujero y regresó a la ciudad.

»Pero ocurrió que en aquella tierra crecieron hierbas, cañas y juncos, y que cuando el viento los mecía, ellos propagaban a los cuatro vientos las palabras del barbero: "¡El rey Midas tiene orejas de burro! ¡El rey Midas tiene orejas de burro!" Y todo el mundo terminó por saber cómo eran las orejas del rey.»

Yo aquella noche no sabía lo que le ocurría a Midas, sólo sé que le llamaban como al rey del cuento y que, igual que

él, escondía algo: algún secreto que no quería contar a nadie.

A la mañana siguiente, cuando intentaba descubrir qué era lo que le preocupaba, entró su madre en la habitación a despertarlo. Aprovechó para recoger su ropa y yo tuve que volar hasta el armario para no ser descubierta. Hasta la tarde no tuve más sorpresas y pululé marinquieta, marinquieta, por la casa de Midas.

A media tarde, el chico se fue a casa de un amigo y junto con el resto de la banda, estuvieron viendo la tele mientras merendaban. Cuando terminaron, Isidro dijo:

—¡Vamos a la isla! En el camino todos repetiréis lo que yo haga.

Isidro empezó a correr simulando cabalgar sobre un caballo que iba al trote y relinchando; los demás lo imitaron. Luego, Isidro cogió diez piedras de una casa en ruinas y, al llegar junto a la iglesia del día anterior, se puso a lanzarlas y a hacer sonar las campanas; los demás lo imitaron. Finalmente, Isidro siguió corriendo hasta llegar a un puente de metal, y los demás también se detuvieron allí. En la mitad del puente, sacando medio cuerpo por la barandilla, dijo:

—Mañana, durante la misa, nos haremos hombres. Caeremos igual que los higos maduros caen de la higuera. Nos crecerá el bigote, miraremos a las chicas a los ojos y, a lo mejor, hasta nos echamos novia —y continuó dirigiéndose a Midas—: Tú también te atreverás, ¿verdad? ¡Sapos y culebras! Si quieres ser de nuestra banda, tendrás que saltar...

Midas no respondió nada y el corazón volvió a latirle marinquieto, marinquieto. Y siguió así mientras iba imitando las ocurrencias del marimandón. Y cuando en la orilla del río sus amigos le cogieron

por las muñecas y los tobillos, el corazón le latió aún más marinquieto.

—¡No me echéis al agua, por favor, no me echéis! —gritó mientras lo zarandeaban—. ¡Al menos dejad que me quite la ropa!

—Así estarás mejor preparado para mañana —le respondió Isidro, el marilistillo—. Tendrás ventaja...

En aquel momento el corazón que empezó a latir marinquieto fue el mío, porque fue en aquel momento cuando me di cuenta de que iban a echar a Midas al agua. Y ya no sé mucho más; sólo sé que, marinquieta, marinquieta, sacudí las alas y fui a dar contra una tela de araña. Y aunque intenté desembarazarme, no pude hacer nada: una terrible araña, la mar de negra, me venía encima...

3

La araña

Tejí mi telaraña hermosa y pegajosa. Sin embargo, durante todo el día no cayó ninguna presa: ni moscas, ni mosquitos, ni mariposas... Estaba resignada a pasar el día en ayunas, pero por la tarde una sorpresa me esperaba en mi tela viscosa: una mariquita. No era mucho más grande que una mora, y aun así me resultó suficiente para engañar al estómago.

En cuanto me la comí volví a esconderme. Desde mi escondite vi a cuatro chicos jugando en el río. Uno de ellos salió antes que los demás. Se había metido con la ropa puesta y, cuando se acercó hasta donde yo estaba, la extendió sobre la hierba. Sus amigos siguieron en el agua, pero cuando se cansaron de jugar rodearon al chico que estaba tendido al sol y lo embadurnaron de barro.

—¡Vamos, Midas, vuelve al agua! Te conviene estar entrenado para mañana —le decían entre risas.

Midas obedeció mudo, y de morros, pero una vez que se lavó, vi que disfrutaba. Era muy hábil nadando, casi tanto como las sirenas que veo durante la noche. En la orilla, los otros tres chicos fumaban y se pasaban un cigarrillo. De repente, descubrieron mi tela y le prendieron fuego. ¡Bípedos pirómanos…!

Salí corriendo a ocho patas, como quien ha visto una serpiente. Sin embargo, no podía llegar muy lejos y tuve que esconderme en uno de los zapatos de los chicos.

—¡Oye, Midas, saca cuarenta piedras del fondo! —oí a los bípedos pirómanos—. Vamos a ir a apedrear las campanas de la iglesia del Salvador.

Pensé que el tal Midas sería mudo, porque cumplió la orden sin decir ni mu; y porque, cuando más tarde se dirigieron al pueblo, seguía sin abrir la boca. Yo no sabía si ir con ellos o no. Pero, ¡por todas las telas pringosas!, ¿acaso no me había aburrido como una ostra en mi telaraña, acaso no había estado hambrienta, y, sobre todo, acaso no ansiaba la aventura? Sin darme tiempo a responder a mis preguntas, me escondí entre la ropa de Midas y me fui con ellos.

La primera parada la hicieron en el puente que está en la entrada del pueblo. A mí me pareció una enorme tela de araña de hierro, hermosa pero no viscosa, porque en ella no se quedaba enmarañada ninguna presa: ni coches, ni carros, ni personas… Todos seguían adelante, todos excepto los chicos.

—Mañana será un gran día —anunció Isidro—. Entraremos a misa como siempre, pero conviene que nos quedemos en las escaleras del coro. Cuando os haga la señal vendremos aquí. Saltaremos y saldremos del agua convertidos en hombres, y las chicas ya no nos mirarán igual…

Yo no entendí nada: la misa, los higos, las chicas… Sin embargo, sentí el escalofrío que sacudió a Midas y me di cuenta de que era el único que no tenía su mirada fija en el agua. Tampoco era de extrañar, porque las aguas del río Aragón bajaban caudalosas, rápidas y revueltas.

Cuando se metió el sol cruzaron el puente y entraron en el pueblo. En unos arquillos, se encontraron con un grupo de gente que rodeaba a alguien.

—Es el ciego de Aibar. Aburre hasta las piedras —dijo Isidro—. ¡Vámonos al campanario!

—Tened mis piedras. Yo me quedo aquí —habló por fin Midas, y yo descubrí que no era mudo.

—¡Siempre tan ridículo! —se burló Fermín—. Si te da miedo lanzar piedras, ya verás mañana cuando te toque saltar... ¡Creo que mañana te voy a mandar a freír espárragos!

—¡Sapos y culebras! Si mañana no saltas te vas a quedar sin amigos: ni chicos, ni chicas... —concluyó Isidro, y aquellos bípedos fanfarrones se marcharon dejando solo a Midas.

Yo no creo que el ciego de Aibar aburriera hasta las piedras; ¿acaso no le escuchaba Midas con la boca abierta, acaso no me atrajo con su historia, acaso no nos atrapó a todos en la telaraña de sus palabras?

—Hace mucho, mucho tiempo —empezó a contar—, cuando las hayas del Irati aún no eran más altas que un niño, vivía un pastor en la aldea de Izalzu. Tenía una voz capaz de encandilar a todos, y le llamaban Gartxot, el juglar.

»Su fama llegó incluso hasta Pamplona, la capital, y en una ocasión el propio rey le mandó llamar. En el castillo, todos quedaron maravillados con la voz y las canciones de aquel hombre, de modo que volvió a su pueblo con los bolsillos llenos.

»Vivía Gartxot muy feliz, cuando un día llamó a su puerta un mensajero: "Hasta el monasterio de Roncesvalles ha llegado el eco de tus cantos y a los frailes les gustaría que cantaras para ellos". A

lo que Gartxot respondió: "Pues yo no quiero. Yo no tengo voz para la gente que no tiene corazón".

»El mensajero rogó y rogó, pero fue en vano. El pastor guardaba una poderosa razón: unos años antes, sus ovejas habían entrado en las tierras prohibidas del monasterio; él fue a reclamarlas, pero los frailes no se las quisieron devolver. En aquella ocasión resultaron vanos los ruegos de Gartxot y tuvo que regresar sin sus ovejas, por lo que le contestó al mensajero: "Los que ahora quieren escucharme, hace unos años se hicieron los sordos".

»Los frailes, ante la negativa de Gartxot, no mostraron ni un ápice de piedad. Ordenaron su detención acusándole de incumplir los mandatos de la Iglesia, y lo hicieron encerrar en la torre de Elkorreta, en el corazón del bosque. Allí lo dejaron, sin más provisión que un pan y una jarra de agua. Quedaba condenado a morir de hambre y de sed.

»En medio de aquella terrible y fría soledad, las palomas fueron su única compañía. A cambio, Gartxot les ofrecía sus cantos y sus migas de pan. Pero cuando ya no tenía que comer ni que beber, consiguió sobrevivir gracias a aquellas mismas palomas que en su pico le llevaban agua, granos de trigo, semillas y gusanos.

»Al cabo de unos meses, los mandatarios del valle de Salazar subieron a Elkorreta. Cuando abrieron la puerta de la torre, quedaron atónitos y petrificados: ¡Gartxot había sobrevivido! Los frailes de Roncesvalles tampoco se lo podían creer y, por compasión, decidieron liberarlo.

»Desde entonces, cuando la niebla del valle se alza hasta Elkorreta, todos se acuerdan de aquella historia y dicen:

"Ya van las palomas a dar de comer a Gartxot".

»Y esta historia se la contaron las aguas del río Salazar a las del Irati, y las del Irati a las del Aragón, y porque me la contaron ellas la conozco yo. Y ahora también la sabéis vosotros.»

La historia del ciego de Aibar le provocó otro escalofrío a Midas. Sin embargo, yo me sentí tan a gusto como cuando la brisa mece mi tela de araña. Pero, ¡por todas las telas pringosas! De repente un grito me estremeció, y diría que a Midas también, porque inmediatamente se escabulló entre la gente.

—¡Os lo advertí! ¡Os dije que os cogería! ¡Os vais a acordar de ésta! —era el cura que traía de las orejas a los dos bípedos que se habían ido con Isidro—. Ahora vais a apedrear el río, así al menos no volveréis a utilizar esas piedras. Os lo repito: ¡majaderos, granujas, sois peores que la riada del 87! Pero os aseguro que la semana que viene vais a limpiar el coro de la iglesia con vuestras lágrimas, y también el campanario...

En cuanto se alejó el cura, la gente empezó a pedir otro cuento al ciego. De haber podido, hasta yo lo habría hecho, y puede que Midas también, pero justo entonces otro escalofrío le sacudió y le puso la carne de gallina.

—Hola, Javier —le saludó una chica de pelo rubio.

—Hola, Nora —consiguió decir Midas.

Entonces se volvió a escuchar la voz del ciego:

—Por hoy ya no hay más, pero si Dios quiere mañana más y mejor.

—Me ha gustado mucho el cuento de Gartxot —continuó Nora—. ¿A ti también?

—Sí… —acertó a pronunciar Midas, tras lo cual salió corriendo más que avergonzado.

En casa siguió sin decir ni mu, pero cuando se sentaron a la mesa para cenar, preguntó:

—En el trabajo de clase que os comenté ayer, también tenemos que escribir algo sobre Rocaforte o Sangüesa la vieja. ¿Es verdad que antes llevaban allí a los niños para quitarles el miedo?

—Así es —respondió su madre—. Los llevaban a una morera que hay en la ermita de San Bartolomé. Se le quitaba un pedacito de la corteza del tronco, y se guardaba en una pequeña bolsa. Era un amuleto. Decían que si se llevaba colgado del cuello, los niños dejaban de tener miedo.

En aquel momento otro escalofrío recorrió su cuerpo, pero a la vez una sonrisa se dibujó en sus labios: tal vez porque su madre le había dado una buena idea, tal vez porque se le ocurrió algún plan secreto, o tal vez porque se acordó de Nora.

Durante la cena Midas volvió a estar callado y pensando en las musarañas. Y así siguió incluso en la cama, pero a media noche lo he sentido nervioso, inquieto y parlanchín. Repetía palabras inconexas: el puente, el salto, la ermita, Gartxot..., y de vez en cuando: Nora.

Yo me he pasado la noche tejiendo una nueva telaraña. Y estaba tan ensimismada, que cuando Midas se ha levantado antes del amanecer, ¡qué mala pata!, no me ha dado tiempo de llegar hasta su ropa. A pesar de ello, corriendo a ocho patas, me he asomado a la ventana y lo he visto salir de casa. He desprendido un laaargo hilo y, en un abrir y cerrar de ojos, ya estaba en su cabeza.

Midas ha salido corriendo. Iba muy sofocado y resoplando. ¡Por todas las telas pringosas! Con este chico no hay quien se aburra. Ha cruzado el pueblo, y el puente, y ha subido por un camino empinado. Por fin se ha parado, seguramente en la ermita de San Bartolomé, porque ha cogido un trozo de corteza de un árbol, lo ha metido en una bolsita y se lo ha colgado al cuello.

Ha vuelto cuando ya amanecía. Y aunque también llevaba prisa, se ha parado un momento sobre el puente de la enorme telaraña de hierro. Se ha quedado un rato mirando a las aguas rápidas. Parecía que con aquel amuleto Midas se sentía valiente, y que ya no volvería a sentir escalofríos, ni siquiera al saltar del puente, pero me equivocaba…

Ha ocurrido esta misma mañana. Midas ha ido a misa solo, y se ha dirigido solo y serio a las escaleras del coro. Al poco rato, Isidro, Fermín y Miguel se han puesto a su lado. Según estaba planeado, mientras la gente cantaba, Isidro le ha dado un pellizco a Midas: ¡la señal! Midas se ha llevado la mano a su amuleto y ha mirado hacia atrás.

—Ha llegado la hora —le ha susurrado Isidro—. Vámonos.

Pero Midas, con la cabeza muy alta, muy firme y sin miedo, le ha respondido:

—Yo no voy. Id vosotros.

Y yo no entendía nada. ¿Es que acaso no llevaba puesto el amuleto? ¿Acaso no había perdido el miedo? y, sobre todo, ¿acaso no tenía que saltar desde el puente? Pero Midas les ha dicho que no igual que Gartxot a los frailes de Roncesvalles.

—¡Sapos y culebras! ¡Lo sabía, lo sabía! —se ha enfadado Isidro—. Sabía que no te atreverías, eres un gallina… Siempre serás un crío, te quedarás sin amigos y las chicas no te harán ni caso. No eres más que un burro orejudo —ha continuado mientras le metía el puño en las costillas.

—¡Vete a freír espárragos! —se ha despedido Fermín.

Yo no le he notado un sólo escalofrío ni al recibir la señal, ni al cobrar el golpe de Isidro, ni al quedarse solo. Entonces he comprendido que el verdadero temor de Midas no era al salto, sino a decir que no a sus amigos. Sin embargo, después de negarse tampoco se ha quedado tranquilo y yo notaba que se iba poniendo más nervioso por momentos, y que dudaba si ir o no al puente. Al final, ha salido corriendo de la iglesia.

El puente está muy cerca de la iglesia de Santa María. Miguel estaba allí en medio, en bañador y tiritando de miedo. Cuando Midas se le ha acercado, no era

capaz de articular palabra, igual que mis presas cuando me ven aparecer. Luego ha empezado a tartamudear:

—El primero ha sido Fermín. Se ha colgado en la barandilla y ha dicho: «Soy un higo y ya estoy maduro», y soltando las manos se ha caído al agua. Isidro ha dicho que era mi turno, pero no sé lo que me ha pasado. Puede que la corriente... Entonces me ha escupido a la cara y, después de llamarme gallina, ha saltado. Pero creo que se ha dado con alguna piedra. Yo he oído su grito con claridad y luego he visto una mancha de sangre que se llevaba la corriente...

En ese instante he sentido el último escalofrío de Midas. Pero no se ha quedado parado. Como una bala se ha asomado por la barandilla, ha mirado al agua y le ha gritado a Miguel:

—¡Recoge esa ropa y vámonos!

Midas se ha precipitado cuesta abajo, sofocado y resoplando. Se ha puesto a registrar todos los recovecos y matorrales de la orilla. Lo he visto igual que un jabalí hambriento, nervioso, inquieto, apurado, escarbando por todas partes. De vez en cuando gritaba:

—¡Isidro! ¡Fermín!

Pero sólo le respondía el rugido de las aguas. Y Midas seguía empapado de sudor, sin reparar ni en las ortigas ni en las zarzas, sin darse por vencido, registrando hasta el último rincón. Y recuerdo muy bien que por fin ha debido de ver algo, porque de repente ha saltado al agua y yo con él, pero a tierra. ¡Por todas las telas pringosas! Y en cuanto mis ocho patas han tomado tierra, he escuchado un sorbetón, ¡slurp! y ya no he sentido nada más: ni escalofríos, ni gritos, ni rastro de claridad…

4

LA RANA

A todos nos ha pillado por sorpresa. Nada más ver a un chicro que arrastraba la crorriente, nos hemos callado todos a la vez: los pájaros, los grillos, nosotras las ranas... Cromo creíamos que era una trampa para atraparnos, nos hemos escrondido todos a la vez: los pájaros, los grillos, nosotras las ranas...

También por sorpresa ha aparecido otro chicro, pero esta vez entre las zarzas.

Y todos nos hemos callado más aún. Pero el segundo chicro no iba a por nosotros, pues ha gritado «¡Isidro!» y ha saltado al agua. Y cuando menos me lo esperaba, he visto que se le desprendía una araña y yo, ¡slurp!, me la he tragado muy crontento.

Pero las sorpresas no han terminado ahí. Ha aparecido un tercer chicro mientras el que ha saltado luchaba crontra la crorriente.

—¡Miguel, ayúdame a sacar a Isidro! —le ha gritado desde el agua.

Miguel le ha tendido un palo y, cron mucho esfuerzo, han cronseguido sacar dormido al que arrastraba la crorriente. Una vez en la orilla, el chicro de la araña le ha estado dando besos en la boca, y después le ha golpeado la espalda. A mí se me salían los ojos de las órbitas: en los cuentos es la chica la que cron su beso

rompe el encantamiento y cronvierte a la rana en príncipe. Pero el chicro durmiente no se ha transformado y, en cambio, ha empezado a toser, a cronvulsionarse y a vomitar.

Finalmente, ha entreabierto los ojos y ha dicho:

—¡Midas!

Enseguida ha llegado otro, al que le han llamado Fermín, y ha dicho:

—¡Demonios! ¡Por poco me lleva el agua! ¡Qué revolcones me ha dado! —y a crontinuación—: Pero, pero... Isidro, ¿qué te ha pasado? ¡Te está sangrando la rodilla! Y tú, Miguel, ¿por qué no estás mojado?

Isidro ha vuelto a toser, a cronvulsionarse y a vomitar. Entonces Midas lo ha crogido por los sobacros y lo ha arrastrado al sol.

—Perdóname... —ha cronseguido decirle cron dificultad.

Esta vez Midas ya no le ha dado más besos en la boca. En lugar de eso, le ha puesto el dedo índice en los labios. Luego, antes de marcharse, ha dicho:

—Enseguida vuelvo.

Los tres chicros al principio han permanecido en silencio; tampocro los pájaros, los grillos o nosotras, las ranas, hemos abierto la boca. Pero luego han empezado a cuchichear y, aunque yo no he entendido bien todo lo que decían, a Miguel le he oído la palabra «perdón», y a Fermín algo relacionado cron los espárragos. Isidro, por su parte, ya reanimado, le ha dicho a Miguel que no tiene de qué avergonzarse y, mirándoles a los dos, ha añadido que a partir de ahora Midas no será Midas, sino que le llamarán Javier, y que además será el jefe de la banda.

Para cuando ha vuelto Midas, Isidro ya estaba totalmente repuesto y no ha tenido que darle más besos. Le ha frotado la rodilla cron un ungüento y se la ha cubierto cron un pañuelo blancro.

—Es una pomada que hace mi padre. Te ayudará a cicatrizar la herida —le ha explicado.

—Muchas gracias... —le ha dicho Isidro.

Después, tras secarse al sol, se han ido los cuatro y por fin nos han dejado en paz. Yo creía que las sorpresas se acabarían ahí, pero estaba equivocado.

A primeras horas de la tarde, ha vuelto a suceder por sorpresa. Nada más darnos cuenta de que alguien se acercaba por el camino, nos hemos callado todos a la vez: los pájaros, los grillos, nosotras las ranas... Cromo creíamos que era una trampa para atraparnos, nos hemos escrondido todos a la vez: los pájaros, los grillos, nosotras las ranas... He sacado un ojo de mi escrondite y me ha sorprendido descubrir que el recién llegado era Midas.

También por sorpresa, Midas se ha acercado al lugar de donde ha sacado a Isidro, ha saltado al agua y ha estado nadando tan ligero cromo las sirenas. Pero tal y cromo yo sospechaba, Midas no estaba jugando o pasando el rato, porque, desde el fondo del río ha sacado una crosa brillante. Entonces yo he asomado el otro ojo de mi escrondite y por pocro se me salen los ojos de las órbitas: «¡El anillo de Birila!», he croado, pero él ni siquiera se ha dado cuenta y lo he visto marcharse dando saltos de alegría. Mientras intentaba salvar a Isidro, Midas debió de descubrir el anillo en el agua, y sin decírselo a nadie, ahora ha decidido venir solo a buscarlo.

Y cronvencido de que las sorpresas se habrían acabado por fin, he empezado a recrordar la historia de Birila, la que tantas veces he oído crontar a las aguas del río Aragón.

«Don Birila era el abad del monasterio de Leire. Un buen día, maravillado por el canto de un ruiseñor, salió del monasterio siguiendo al pajarillo. Anduvo y anduvo hasta llegar a una fuente y, una vez allí, como si estuviera escuchando una nana, se quedó dormido.

»Al poco rato despertó y descubrió que todo había cambiado a su alrededor: la fuente, el camino, la vegetación... Sorprendido, se dispuso a desandar el camino y quedó aún más sorprendido al ver un hermoso edificio en lugar de su pequeño monasterio.

»Llegó hasta el portón y llamó. Un monje desconocido le abrió:

»—¿Qué deseáis, padre?

»—Soy el abad Birila.

»—Estáis equivocado, nuestro abad es don Domingo. Pero pasad, pasad, parecéis cansado.

»Mientras el monje descansaba, todos fueron al archivo del monasterio. Buscaron entre los documentos y finalmente encontraron el nombre de don Birila. ¡Don Birila, el abad que desapareció hace trescientos años!

»—¡Milagro! ¡Milagro! —gritaron todos a coro.

»Birila también se sorprendió al escuchar lo ocurrido, y con la misma sorpresa dijo:

»—Se me han pasado trescientos años en un suspiro. Ahora sé que el tiempo del cielo es muy distinto del nuestro, y que será tan agradable como escuchar el canto de un ruiseñor...

»Al concluir sus palabras, entró por una de las ventanas un ruiseñor con un anillo en el pico y se lo colocó en un dedo. Y todos celebraron el milagro entre aleluyas y glorias.»

Las aguas del río Aragón han crontado esa historia durante siglos, pues hace más de mil años que murió el abad. Esas mis-

mas aguas también cuentan que, tras su muerte, en el monasterio de Leire tuvieron lugar cruentas batallas entre cristianos y musulmanes. Y cuentan que el anillo de Birila se perdió en medio de aquellos enfrentamientos y que un cuervo se lo llevó en su picro. Y aunque la historia es por todos cronocida, solamente las ranas hemos sabido dónde se encrontraba el anillo, a la espera de la mano y el dedo adecuados.

Por desgracia, la mayor parte de la gente es muy cruel y despiadada cron los sapos y las ranas. A decir verdad, hasta ahora yo solamente he cronocido a una persona digna de llevar el anillo: el ciego de Aibar, pero cromo es ciego no ha podido encrontrarlo.

Por suerte, ahora ha aparecido Midas y, viendo lo bien que ha cuidado a su amigo durmiente, creo que es la persona adecuada para llevar el anillo.

Y estaba yo croando locra de crontenta, cuando ha ocurrido por sorpresa. He escuchado el frufrú de unas alas, y aunque eran las primeras horas de la tarde, de golpe se ha hecho de noche sobre mí. Y ni cron los ojos abiertos fuera de las órbitas he podido ver nada…

5

LA CIGÜEÑA

Hoy, a primeras horas de la tarde, mi padre me ha traído un cuento al nido. No, mejor dicho, lo que me ha traído ha sido una rana, y ella me ha contado la historia de Midas. Hasta ese momento yo he estado sola en el nido, sola y aburrida. Para colmo, tampoco han aparecido los chicos que se dedican a apedrear el campanario y, claro, el cura tampoco ha salido gritando tras ellos. Por eso he estado aburrida en el nido, aburrida y perezosa. Y por eso me he alegrado tanto cuando mi padre me ha traído la rana en el pico.

—Toma, curiosona, para que te hagas grande —me ha dicho antes de volver a alzar el vuelo.

Pero yo no tenía hambre: prefería jugar o darle al pico con la rana. Y cuando se lo he propuesto, ella me ha mirado con los ojos fuera de las órbitas, y me ha preguntado:

—¿Si te cuento una historia me devolverás al río? ¡Prométemelo!

—¡Claro que sí! Al río o adonde quieras —le he respondido yo.

Y ha sido la rana la que me ha contado la historia de Midas. No, mejor dicho, ella me ha contado el final de la historia y, ¡ayayay!, eso no ha hecho más que aumentar mi curiosidad: me he enterado del final, pero ¿qué había ocurrido antes?

—Si no me comes, te lo contaré yo —me ha dicho la araña que, ¡tris!, ha salido de la boca de la rana—. ¡Por todas las telas pringosas! Creía que había estirado la pata...

Y ha sido la araña la que me ha contado la continuación de la historia de Midas. No, mejor dicho, la araña y luego la mariquita que ha salido de su boca; no, mejor dicho, han sido la mariquita y el piojo que ha salido de su boca. Y entre todos me han contado la historia de Midas, el chico, pero asimismo la de Midas, el rey, y también la de Gartxot y la del abad Birila. Y, ¡ayayay!, yo les he escuchado con el pico abierto y encantada. Y así, poco a poco, he ido saciando mi curiosidad.

Yo no soy de esas cigüeñas que no cumplen su palabra. Por eso, cuando han terminado de contar, no me los he comido: ni el piojo, ni la mariquita, ni la araña, y tampoco la rana. Al contrario, muy agradecida, les he dicho:

—¿Adónde queréis que os lleve?

—Yo me cronformo cron ir a la fuente del abad de Leire —ha respondido la rana.

—Yo, ¡por todas las telarañas pringosas!, a la torre de Elkorreta —ha dicho la araña.

—Yo a mi hierba, a mecerme mariquieta, mariquieta —ha sido la respuesta de la mariquita.

—Yo a la cabeza más cabeza, la de Martín, el pastor, en el bosque más bosque —ha concluido el piojo.

Luego, todos juntos hemos gritado:

—¡Viva Midas!

Y después he ido llevando a cada uno a su destino: la rana en mi cabeza, la araña en la de la rana, la mariquita en la de la araña y, a la cabeza de todos, el piojo.

A las afueras de Sangüesa, cerca de la isla, hemos visto a Midas y a sus amigos construyendo una cabaña. Hemos planeado un poco sobre ellos y hemos visto que Isidro cojeaba; no, mejor dicho, le hemos visto y le hemos escuchado:

—Javier, ¿qué te parece si construimos una balsa cuando terminemos la cabaña?

—¡Estupendo! —ha respondido Midas o, mejor dicho, Javier.

Tanto a mí como a mis compañeros de viaje nos habría gustado quedarnos allí y ser testigos del final de su historia. Pero, ¡ayayay!, nos esperaba un largo viaje y, tras posar a la mariquita en su hierba, hemos salido rumbo a la fuente de Leire para depositar a la rana.

He ido dejando a cada uno en su destino. Y ha sido precisamente el más pequeño el que más tiempo me ha costado dejar. Aunque no hemos tardado en divisar el rebaño de Martín, ¿cómo podíamos dejar al piojo en la cabeza del pastor? Volábamos pensativos cuando, de repente, he visto que un hilo laaargo se extendía hacia el suelo en un periquete. Y por él ha descendido el piojo al bosque más bosque.

Por último, nos hemos dirigido a Elkorreta cuando la niebla se extendía hacia el valle.

—Mira, ya vienen las palomas de dar de comer a Gartxot —me ha dicho la araña.

Al igual que a los demás, le he prometido a la araña que iría a visitarla de vez en cuando, y que, a cambio de nuevas historias, yo le pondría al corriente de las peripecias de Midas. Y yo también estaba deseando conocerlas, así que me he despedido de la araña y he puesto rumbo a Sangüesa.

Como soy una curiosona, aunque he llegado extenuada, he decidido sobrevo-

lar el pueblo por última vez. Y como diría la mariquita, volaba mariquieta, mariquieta cuando, ¡ayayay!, he descubierto a Isidro y a Fermín escondidos en el patio de la escuela. Y como me ha vuelto a picar la curiosidad, he estado planeando sobre ellos.

De repente, he visto a Miguel, ¡tris!, salir por una ventana; no, mejor dicho, le he visto las orejas de burro que traía puestas, y la enorme lengua que llevaba colgada. Enseguida se ha acercado a sus amigos mondándose de risa, e Isidro se ha encargado de quitarle aquellos adornos. Luego les ha prendido fuego y, como si fuera la fogata de San Juan, han estado brincando y gritando a su alrededor. No, mejor dicho, ha sido Isidro el que gritaba, mientras Miguel y Fermín bailaban repitiendo sus palabras:

—¡Sapos y culebras! ¡Sapos y culebras!

Se me estaba haciendo tarde y tenía que volver cuanto antes al nido, pero yo, como diría la rana, quería ver a Midas fuera cromo fuese. Imaginaba que estaría en los arquillos del ayuntamiento, y allí lo he encontrado escuchando al ciego de Aibar, y además estaba con una chica de pelo rubio.

En cuanto me he acercado, todo el mundo ha empezado a aplaudir, y yo he aprovechado ese instante para posarme en el tejado de enfrente. Y precisamente porque han empezado a aplaudir, ¡ayayay!, he podido ver en un dedo de Nora el reflejo brillante de un anillo. Y ella me ha recordado al ruiseñor de Birila, y puede que a Javier también…

Luego, cuando la gente ha empezado a pedir otro cuento, Javier y Nora se han dirigido al puente, y yo, hambrienta y agotada, pero con la curiosidad saciada,

me he retirado a mi nido. Sin embargo, aún he podido escuchar las palabras del ciego de Aibar:

—Por hoy ya no hay más, pero si Dios quiere mañana más y mejor…

Índice

SI QUIERES SABER MÁS SOBRE ESTE TEMA,
NO TE PIERDAS LA INFORMACIÓN
QUE APARECE EN:

www.grupoeditorialluisvives.es/dossier

Títulos publicados

Serie Verde

1. *El corazón del sapo.* **Germán Sánchez Espeso**
2. *El libro de Guillermo.* **Carlo Frabetti**
3. *El anillo de Midas.* **Patxi Zubizarreta**
4. *Maíto Panduro.* **Gonzalo Moure**
5. *¿De vacaciones en México?* **Marinella Terzi**
6. *Agualuna.* **Joan Manuel Gisbert**
7. *Un amigo en la selva.* **Alfredo Gómez Cerdá**
8. *La niña de plata.* **Carmen Gómez Ojea**
9. *La isla de Nim.* **Wendy Orr**
10. *Aún quedan piratas en la Costa de la Muerte.* **Consuelo Jiménez de Cisneros**
11. *El grito de la grulla.* **Samuel Alonso Omeñaca**
12. *El misterio del colegio embrujado.* **Ulises Cabal**